歌集

街の川

北町葉子

現代短歌社

目次

街の川

明石海峡大橋

平成十年

浅緑の大き橋は海をまたぎ冬日に白き市街地に入る

江崎灯台の石段一・三メートル地震にずれしを赤きセメントに固む

山を崩せるいくところか日にきはだてり淡路島縦断高速道は

世界一の感じはなくて橋を支ふる太き柱に手を触れて見つ

ヨットハーバーにヨットのきしむ音を聞く夕べのテラスに読みて疲れて

眉山の枯色の上に雲の影移りゆく見るシャッター上げて

日本の医療は世界一安く平等といへど薬を使ふほどまうかる仕組み

芽吹かむといたく赤味をおびてきぬ日々見る眉山今日は今日のいろ
　　吉野川第十堰

青葉せる眉山は大きくわが街にせまるごとくに今日の曇り日

どうしても少し待つことができぬのか有明干潟あるいは吉野川第十堰

環境保護また景観維持みな利権の前に弱し吉野川第十堰の場合も

第十堰を可動堰に変へむとする過程戦争勃発のかの時に似る

長き雨あがりて向かうビルの窓に思はぬ方より夕光の差す

おのが声くぐもり聞こえる一日にて閉塞感の中に過しをり

夏のかすみ

感覚とかかはりなく季の移りゆき眉山に夏のかすみ立つ今朝は

白鳥座のデネブか弱く光りゐてテラスに見る星乏しくなりぬ

客少なき昼は店の隅に一睡し体調くづせるこの夏しのぐ

大き口あく赤き魚を汁に煮る夫の好みの淡白となりて

住所録と本と着替をひとつ袋に三階より下げきて店の一日

おのが病を知りたる後は人に会はず身を養ひし君をさびしむ

紺屋町の通りは朝の開店どき家々に欅の下蔭を掃く

馴染めぬまま商ひつづけて三十年人に交はるすべの身につく

母の家

平成十一年

母の家見廻りて帰る小路にはトリトニア咲きつぐ一隅のあり

プランターにのぼたん咲ける小路ありその色はなき母にまつはる

台風のあとを見廻る母の家人住まず湿れる畳を踏みて

背戸を開けば母の慈しみしタチツボスミレしひたげて草の繁り立ちをり

常濁る街川に潮させば心なごむ寄る夕波の岸を打ちつつ

便りのなかりし娘より頻繁に言葉短く電子メールが届く

商と住ひとつのくらしを嫌ひたる娘は遠くへ出でて帰らず

店の隙家事の隙に読むを常として机の前に本読むは落着かず

アゼトウナ残り咲く崖の下の道冬青き牟岐の海を見むとゆく

母逝きて七年

母ゆきて七年は早し閉ざせるまま遺されし屋敷のたちまちさびる

離れ住みし妹と近くに居りしわれの母への想ひは少し異なる

晩年の母は好みし編物もせずなりて機械はていねいに仕舞ひてありぬ

土地売りて命つなぎし戦後の暮しはらからのうち知るはわれのみ

戦災をまぬがれ百五十年保ち来し家も人住まずなりて荒れゆく

昔のやうにガラス戸が五月の風になるを聞きをり生家の草引きにきて

地域振興券

緑おび濁れる街川ゆるやかに潮差しわづかに臭ひたちをり

わが店に連れだちきたる若者が地域振興券にて煙草買ひゆく

入院患者が地域振興券にて買ひくるる塵紙と歯磨きを配達にゆく

何の効果があるのかと思ふ地域振興券取扱ひ表示ステッカーわが店にも貼る

再びの勤めも忙しくなりたるらし吐き出すやうに夫はもの言ふ

究極は武器持ちて争ふしかなきかわれらには分らぬ憎しみ重ねて

言ふべきことを言はず庇ひ合ふ空気この会議にもありて嘆かはし

知らぬ間に何か変りゆく気配あり今日の新聞ていねいに読む

武力にて解決せむとするコソボ紛争遠き国のこととは思へず

時の流れ

今日の疲れ残さぬやうに心遣ふ南天ほの白く咲ける夕は

連休の一日は自分のために過す読む本読まぬ本分けて並べて

三年にして雑誌おほかた役に立たず医療の進歩の早くなりきて

大切なものが損なはれゆく思ひ憲法の理想アララギのリアリズム

配達に来しマンションの十一階見下ろすわが街に緑少なし

見下ろせる城山の緑きはやかにして埋もるるごとし夕がすむ街は

ベビー用品減少し介護用品の多くなる時の流れはわが小店にも

上板民族資料館

棕櫚の葉に作りし蠅叩きに甦る幼かりし戦後の日々の暮しの

防空頭巾にもんぺも過去のものとなり民俗資料館の壁に掛けあり

箱型の大きラジオの置かれあり思ひ出づ宣戦布告玉音放送

君が代につながる記憶は幼くしてわが知るもの言へぬ暗き世の中

眉山の南の肩の積乱雲今日また午後の雨を降らせる

街の川（一）

平成十二年

広告の書き方もひそかに習ひたる隣のジーンズショップ今日閉店す

ビルを毀し駐車場となる一角ありわが街筋のさびれゆく兆し

波立ちて潮差し上る街の川水面に夕づく光たたへて

ひとつ思ひ断ち切らむと店の前を掃くやはらかき朝の光を浴びて

七年毎に転機訪れしわが一生おそれつつゐる今の平穏

波立ちて潮上りゐし街の川たちまち濁る夕立のきて

悼入江真知子様

歌も評も誠実なりし入江さんいつか会ひたしと思ひゐたるに

会ひしことなけれど福岡の入江さんを目標に長く励みてきたり

西日本新聞文明選歌欄を尊ぶと君は書きにき過ぎし日のアララギに

徳島産のレタスブロッコリー出揃ふを買ひたり今日は心豊かに

いちめんに蒸気の立ちて明けてゆく入江を漁船の横切りてゆく

風力発電のプロペラ動かず薄曇る岬には荒磯のくろぐろとして

住民投票

投票にゆかむと店のシャッター下ろす雨やみて雲の動く夕べを

意思表示できる機会を失はじ住民投票にゆく暗き夜の道

ひかへめな県民性と思ひゐしに可動堰反対の票多数を占めぬ

海苔篊の影たつやさしき河口を操る機械力は似合はず

議論つくさず決められ受け入れられてゆく図式変るや新世紀には

セイタカアワダチソウおのが毒素に亡ぶさまただちに人類の滅亡を想はす

冬の三角カペラも明るい今宵の空あかず見上ぐる背の冷ゆるまで

ゲルニカ

やはらかき自然光に見る「ゲルニカ」は思ひゐしよりやさしき絵なり

大塚美術館

困惑のまなざしは一点に集められ灯りを高くかかげるは女神か

いななける馬の蹄の傍らにひそやかに描かれし一輪の花

省略と強調の力ここに見て立ち去りがたし「ゲルニカ」の前

若き日に好み描きたる絵筆捨てしさびしさは今もあり心の端に

ホルトの木

窓枠のこまかき隙間も拭ひをり定休日の今日主婦に返りて

東の空にありしは金星か残月か朝の光の中に消えたり

芽吹きはじめし欅並木に混りをりホルトの木は紅の葉をちりばめて

北斗七星ゆるく中天に弧を描きスピカもレグルスも淡く光れり

おほよその見通しをもち生きてきて老い先は全く計りがたし

手にあまる客は持たずといふ中年の美容師の心今は諾ふ

店持つ者寄りきていつまで働くか議論してゐるクラス会のひととき

眉山

体調を気遣ひゐしが先生はすこやかにてきびしき批評されたり

眉山に大きく影落し雲動く朝の暑さの少しゆるみて

長き日照りつひに終るか眉山に乱れて朝の雲動きをり

帰りきて心なぐさむ古里の家は毀すなと妹の言ふ

古里を離れぬものには分らぬと妹は電話の向かうにこほしむ

寂しきときは帰り来よ妹眉山の上よりともに古里を見む

郭公の声

平成十二年

石灰岩に足とられ登る萱の原霧の中より郭公の声

雪解けの韓国岳に泥みしハネムーンを夫と思ひ出づけふの山ゆき

いちめんに広がる巻雲ゆるやかに動くを見てゐて眩暈をもよほす

綿菓子のやうなる雲の浮く空にみとれてゐたりもの干し終へて

一万年のちの地球を考へよう経済の失速など小さい小さい

楠の葉

今年また人知れずこの庭に咲きたるか花ををさめし石蕗の茎ぬく

庭の隅にひと群残るホトトギス葉のことごとく虫に喰はれて

古き家のしるしのやうに庭に咲く桜草を疎みき少女の頃に

そんなこと気にしてゐませんといふ返事救はるる思ひに川辺を歩く

夕かげる街川の辺に楠の葉のたつるやさしき音を聞きをり

新世紀

小さい町の小さな集団の新世紀ことほぐ花火は短く終りぬ

潮ひきてよどめる川面低くして夜更に写る街のともしび

幾月ぶりのやすらぎか机の前に座る夕翳りきて膝冷ゆるまで

旅の宿のもてなす踊りの始まればわれも輪に入るいくらか酔ひて

震災モニュメントに並びて名産販売所断層パイといふ菓子も売る

白きキャンバス

余光長くとどまる眉山の上の空うつして明るし今日の街川

不況つづくわが街にも閉す店多しシャッターの前にノゲシ咲かせて

七年前の帳簿をシュレッダーにかけて捨つ意外に心動くことなく

風通すと久々に父のアトリエに入ればなつかし油彩のにほふ

娘のわれをきびしき批評家と言ひて父は苦笑したりき

病みてより描くことなく逝きし父の張られしままの白きキャンバス

病名を告げずに母を逝かしめしを遠く来てまたも妹の言ふ

「新しい憲法のはなし」復刊

中学にて学びしときを思ひ出づ復刊されし「新しい憲法のはなし」

制定の経緯はともあれ戦争放棄を基本的人権を素直によろこびぬ

咲きしばかりの南天の花をふるはせて梅雨の雨はげしく降りはじめたり

五十余年前のこの朝の空襲を忘れて夫と茶をのみゐたり

知らぬまに返りえぬところに至ること怖れをり今の世の中の動きに

冗談も言へぬ世の中なりたりき五十余年前戦争の日々

サルと異なり自然にさからふヒトの未来は予測できぬと河合博士書きあり

漢字をおろそかにせる代の中学生なりき簡単なる字も辞書に確かむ

組織に組み込まれたる一人なれど推薦候補のポスター貼るをためらふ

不況

眉山を抱くわが街に自然多し発展をはばむと言はれきたれど

台風の近づき湿る風吹きて常になく街川に高く潮寄す

ただならぬ暑さに街ゆく人少なく夏を恃みの売上げ下がる

昼すぎて夕方まで一人の客も来ずかかる状況はかつてなかりき

大型乱売店進出か不況ゆゑかこのごろの著き売上げ低下は

大企業も小さきわが店も基本は同じ守りてゆかむ不況に耐へて

わが洗ふ髪の手触りあらくして夏の疲れのなほ残りゐる

街路樹

平成十四年

輸入物に替り徳島産ブロッコリーが並び始めたり待ちかねて買ふ

一夜にして街路樹の銀杏黄に染まりわが街筋の明るくなりぬ

店の前に散れる銀杏の落葉掃く久々に自然に触るる思ひに

人麻呂より千三百年のちの明石の門七色に灯る橋を見てゐる

雲低く垂れこめて暗む室津の海養殖筏のあたりほのかに明るく

農地少なくなりゆく夫のふるさとに法蓮草の青々と育つ

冬日

御座舟の入江より望む眉山のあらあらとして冬日傾く

ひとたびは売るを止めむと思ひたる煙草にもたよる不況の今は

予測どほりコンピューターにあらはれし今期決算の数字は侘し

コンピューターソフトにもなれて呆気なく決算終りぬ収入減にて

寒々と曇る一日時の移る感じなし店の客も少なく

少なくなりし小売店も夜は早く仕舞ひ八時すぎれば暗きわが街

産地偽装斡旋利得贈収賄われらはかかる国に住みゐる

蝕の朝に

黄砂止み濁りし空のすめる朝眉山の若萌きはだちて見ゆ

やすらぎを求むる心にわれはゐて若葉ぬらしゆく雨を見てゐる

憲法にへだたりてゆく現実を憤る心今につづけり

わが国の保有する地雷七十万個いづこかに埋めむと思へばをののく

肩にふるる髪の感触ここちよしひとりの朝に髪を洗ひぬ

雨戸の穴透りて障子に写りたる庭の影あざやかに思ひ出したり

針穴写真機に庭の景色をのぞきたる幼き日甦る蝕の朝に

歴史マップ

幼きころの呼び名なつかし下代丁《げだいちやう》わが街の歴史マップにありぬ

曲尺丁《さしがねちやう》といふ名もわづかに覚えをり幼き頃母の使ひてゐたり

金銭にかかはり過ぎてゆく日々に南天はしどけなく花散らしをり

星乏しきわが空にして向かうビルの上にアンタレス昇りてゐたり

泡立ちながら味しみてゆく鯛の頭おのづから心の静まりてゆく

苦瓜を割ればあざやかに紅の実のあらはれぬ今朝のおどろき

ほとばしるごとく甦り書きしといふ『少年H』と同じ時を生ききぬ

航空写真

広告にわが街の航空写真あり川の多きをつぶさに写す

山裾を削られし跡あざやかに高速道うつす航空写真

時とともに小売の形変りゆき八百屋に次ぎ消ゆるかわれら薬屋も

売上の下ればば意欲失ふを最もおそれ店守りきぬ

何もかも中途半端といふ気持つきまとひきぬわが六十年

秋日さし今朝の眉山高くして常の心を取り戻したり

目にあまる健康食品の氾濫に薬屋われは何をなし得む

代替医療に頼る人増え健康食品扱はぬわが店にも相談多し

耳遠き母

平成十五年

耳遠くなりて気儘にふるまふ母横たはること多くなりたり

腰の痛み和らぐか母は起き出でて吾がする夕餉の支度見てゐる

わが店も明日より売出しはじめむかイルミネーション多き街帰りくる

一日店にこもりてをりて時ならぬ黄砂のことも映像に知る

この街のいづこに孵りしかムギワラトンボ入り来てわが店の天井にとまる

店の番と母の看とりに暮るる日々にわが視界いよいよ狭くなりゆく

気がつけば耳遠き母に呼ぶごとくもの言ひてをり声細きわれは

読みさしの本幾冊か机の上に置きたるままに年逝かむとす

冬の霞

街川にほのかに冬の霞立ち両岸に白きヨットの並ぶ

街川の川面は低く流れとまりおぼおぼと日は落つ眉山の肩に

店継ぎて景気不景気ありたれどかかる不況は思ひ見ざりき

老の時間大切にせむと夫の言ひ三十分早い閉店決めたり

九十を越えたる母は店に座り道の往き来を眺め楽しむ

父のあと母と二人して継ぎ来し店やめてはならず母あるうちは

儲けなければ粥をすすりてをればよしと父言ひき従業員のなき気安さに

眼鏡店は十時開店ブティックは昼営業時間長きわが薬屋は

道に迷ふ夢より覚めて後の思ひ行政に翻弄されし一生か

アボカドと鮪に山芋をかけて食ふ感動うすき日々の楽しみ

烟る眉山

雨上りの街川の岸辺ひえびえと開花の前のしづけさにあり

テラスに見るわが街は静かに暮れてゆく遠きビルに光残りて

今日の黄砂はイラクの空より来るといふ夕光の中に烟る眉山

歴史教科書にのみ知るチグリス・ユーフラテス戦の映像の中に今日見る

可動堰可否と公共事業改革を争点に選挙はじまる意外に静かに

問題の長良川可動堰の見えて来ぬ空より見ればば黒きひと筋

山に分け入るいくつもの道光り上空に見る紀伊半島夕暗みゆく

わが前に

水牛のチーズにグラス傾けて娘と語る今宵のおろそかならず

あやぶみつつ目守り来たりし十余年娘はともなふ面輪やさしき青年

携はり今日わが前に立つ二人娘は永く待ちて会ひ得し

母らしきことをなしたる記憶乏し店にかかはり来たりし日々に

二人の娘を手放し後をいかにせむかと繰返し言ふ母はほほけて

赤き星

平成十六年

売上げのよき日は元気のいでてくるかく単純に生きゆくわれか

東の空にうすく上弦の月かかり暑かりし一日の夕べに向かふ

シャッターを上ぐれば街路樹に蟬の声長かりし梅雨の終らむとする

景気やや上向くといふ声のありわが小店にもわづかなる手応へ

今われの心楽しますひとつなし窓辺に南天の花も終りぬ

六万年目に大接近せる赤き星わが街の空にただひとつ光る

小さな町のゼロウェイスト宣言を一面に大きく報じたり今朝の地方紙

隣のビル

隣のビル取り壊されてわが店に朝の光のまともに当たる

隣のビル毀され街の信号機見ゆる光景に落着かずゐる

明日なさむ二つのことを心に決む眠れずをりし夜の結論

隣のビル毀たれて見通しよくなりしわが店の日覆色の褪せをり

隣のビル毀されてより差し込める朝の光は庭の奥まで

記憶障害すすむ母と暮らしゐて焦らず生きむと思ひはじめぬ

過ぎゆきは忘れましたと母は言ひ鰻の鮨をうまさうに食ふ

二頭の獅子ゐるごとき積乱雲余光にかがやく形変へつつ

娘の婚礼

よきことありて幾度も渡りし鳴門の海今日はゆくなり娘の婚礼に

理想言ひて結婚にこだはらず来し娘ウェディングドレスまとひわが前に立つ

わが粧ふを嫌ひし児なるを思ひ出づウェディングドレスひき歩む娘みれば

二人住まふときにわが娘に送らむと取り置きしワインカップを荷の中に入れぬ

電話しながら煮物してゐる様子にて新妻の娘の愛しくなりぬ

友達のやうな二人でありたいと携はり帰省せるわが娘のまぶし

寄り添ひて坐る二人を囲むうから湯気立つ蟹のスープを前に

働きながら二人の暮しはじめむとする汝には汝のやり方あるべし

神山南海男氏

土屋文明選歌欄に載りしデモの歌とり上げただ一度励ましたまひき

神山南海男氏

東光寺に滝の焼餅屋に細々と歌会続けき君を囲みて

父の絵

父の絵を寄贈するとアトリエより運び出すとき寂しさきざす

寄贈せむと選ばれし父の絵はわが好む祖谷の山畑を描ける一枚

窓辺に置く胡蝶蘭に三度《みたび》の花咲かす夫の余裕をともしみてをり

住まずなりし隣の庭のさびれゆきやがて駐車場に変らむとする

マンション二つ建ちはじめたるこの町の活気づくかと期待す吾は

後継者なく店やめてゆく同業者ひとごとならずと怖れつつをり

調剤権確立されぬまま長かりき今また規制緩和にとまどふ

をかしいと感じつつ誰ももの言はずこの小さなる会議も同じ

「冬の旅」

平成十七年

休日は母もやすらぐか穏やかに新聞読みをりわれの傍に

音量上げひとりの部屋に聞く「冬の旅」沈む心の立ち直る思ひに

しなやかなＦ・ディスカウの声に酔ふ「冬の旅」は老の孤独慰む

洗ひものしながら口ずさむ「菩提樹」の詞句「Du fandest Ruhe dort《そこなら やすらぎが えられる》」

川岸の雨の板張道《ボードウォーク》静かにて歩けば軽き音を立てをり

復興支援

日の丸つけし装甲車に銃かまへ進むを見れば支援といへど心のふるふ

復興支援といへど隊員らの旗に送られ発ちゆくは過去に変らず

迷彩服の隊員を日の丸に送るのが当り前になつてゆく今日の映像

九条改正に賛成の声増えてゆくなしくづしに足元の崩れる予感

教科書を墨に塗り新憲法を学びたる世代なり九条改正反対反対

組織の推す候補者かわが選ぶ党か迷ひつつ今日投票にゆく

ある日の母

少しづつ母は記憶を損なひゆくときに自らにとまどふごとく

忘れなば助けむ母よ苦しみもともに忘れて安けく老いませ

着なれたる服を好みて母は着る新しきブラウスを用意したるに

ほとばしるやうに過ぎし日を語りをり或る日の母は眸を伏せて

マーケットの野菜売場のクレソンに白く小さき花ひとつ咲く

締切りて冷房の中に過す日々息苦しいと母の言ひ出づ

なほ少し遣り残したる思ひあり実り小さき店をつづけむ

九十《くじふ》を越え店に采配を振ひゐし乾物屋の媼この頃見えず

九十《くじふ》を過ぎても母は日に一度店に坐らねば気が済まぬらし

楽しみは食につくるかこの夕べ夏野菜のトマト煮ほどよく煮えて

台風

台風の去りて明るきキッチンにほのかに飯の炊けるにほひす

台風去りプレート七枚吹き飛びしわが店の庇に朝の日が差す

亡き君の詠まれし川島の潜水橋この度の台風にて流されしとぞ

雨上りの夕べ店に聞く街路樹のアオマツムシの耳に痛きまで

夫の流儀に干されしテラスの洗物清々しく乾きをり今日の日和に

どの客にも台風の被害をたづねてより受け取りに来し薬を渡す

契約の取れず疲れしと栄養剤のみに来る若者を今日は励ます

年の終りに

十年と思へば短し二十年ならば何をせむ今日六十九

貯へしものを捨ててゆく残年と決めて六十九の誕生日迎ふ

何事にものめり込むなく過ぎたるを時に寂しみ思ふことあり

入口の襖を常に少しばかり開けおく母なり部屋にこもりて

記憶障害すすむ母との暮しにもおほよそ慣れて今年過ぎゆく

横たはり薄く目を開く今日の母いつになく安らかな表情をして

経済効果うたひ進めむとする規制緩和薬の安全性は無視して

板書する腕の痛みを夫は言ふ再びの勤めも長くなりたり

雨の中にきらめき揺るる川岸の街路樹の電飾寒々として

災ひ多かりし年の終りの朝の雨みぞれとなりてしろじろと降る

ふるさとの庭

母逝きて十三年の過ぎたるかふるさとの家は人住まぬまま

裏の戸を開けば真向かひに近々と眉山の見ゆる家のなつかし

雑草のほしいままなる生家の庭ノゲシタンポポ今花盛り

タビラコは花閉ぢノゲシは絮となり再び寂しふるさとの庭

戦争の記憶

われらが世代と共に消ゆるか受継がるる事なきままに戦争の記憶
平和憲法を守らむとするは古き世代にて若きらの声少なきを憂ふ
戦争に傾きゆきし息苦しさを今覚ゆるといふを諾ふ

武器持たず平和を守るといふ思想常に確かめ確かめてきぬ

ビル陰

覆ひはづされ現はれしマンション意外にも違和感のなく空間を占む

十階のマンション隣に建ち上りいよいよビルに囲まれて住む

沈む心今日はすべなしキッチンの窓に明かりの残る夕べを

何の予兆かストレスの仕業かまなかひにたゆたふ木洩れ日のごとき映像

空ますます狭くなりゐてビル陰にわづかに眉山の緑をのぞむ

隣のマンションに子供の声の透る朝老人世帯われらは和む

吐き捨てるやうにものを言ふ夫よ任重き仕事のはじまる夏来ぬ

焦土

私が日露戦争を知らぬやうに若きらは知らず太平洋戦争を

八月六日の新聞に載る広島のパノラマ写真見て貰ひたし世界中の人に

徳島空襲被災の写真展示さる米国文書館より取り寄せしもの

城山を残して焦土となりし写真川幾筋かくろぐろとして

わが店に戦地の体験を長々と語りゆく人ら近ごろ絶えたり

土に埋めし食器取り出す祖父目に浮かぶ戦終りし開放感とともに

アメリカの自由眩しかりし中学生われはことごとく母にさからひき

白銀の月

平成十八年

ときに襲ふこの無気力は老年期鬱の兆しとひそかに思ふ

身体弱ればたちまちにして意欲そがる若きときには思はざりしこと

困難を若き日々には凌ぎしを老いては脆きわれの心か

高きビルに囲まれ深き地の底より見上ぐるごとき白銀《しろがね》の月

マンションの建ちて植生変りしか庭のホトトギスに今年早き花

気がつけば厚き布団を掛けくるるこの健やかなる夫を恃まむ

看取りの日々（一）

訓練が認知症に効あるといふ知見夫は諾ひわれは解さず

認知症のケアは今なほ手探りにて母の介護をたのむか迷ふ

進行の遅きを希ひ穏やかに過さむ認知症の母との日々を

予定なき今日の休日ゆつくりと物干す穏やかな冬日をうけて

何のはづみか吾を統べゐし暗き思ひ去りて体調の蘇りたり

認知症は神の配慮かこのごろの母の表情まろやかになる

今言ひしことを繰返し聞く母に答へ答へつつ夕餉の支度す

技術の進歩

家庭用プラネタリウムの広告あり星空も仮想の世界になりゆく

人類の営みが地球を滅ぼすか戦争温暖化遺伝子操作

技術の進歩に人間がついてゆけぬことわが携はる医薬も同じ

ヒゴスミレの今年も葉蔭に莟もつを常の自分にもどり見てゐる

看取りの日々（二）

狭き記憶の中に住みゐるわが母よ今なせることはすぐに忘れて

若き日は不眠に苦しみし母にしてほしいまま眠る老いてやうやく

見るものは日々新しと母は言ふ濁りてゐるはわれの眼か

定休日の夕餉がいちばん落着くと今夜も決まつて母の言ひ出づ

培ひしものみなくづるる感じにをり認知症の母とのくらし

身に余る重荷負ひ来し母なれば老い惚けてほしいままなるもよし

店しまひ夕の家事も片付けり眼鏡はづし己の世界に入らむ

グーグルアース（一）

衛星の写せる世界は地球儀のやうにコンピューター画面に展開す
「グーグルアース」を覗いて

写し出されしこの海山は拡大自在の仮想世界にて国境あらず

マウスの操作は孫悟空の如意棒にして世界の上を自在に移動す

拡大して目差すは北京の紫禁城黄なる甍の整然と並ぶ

近づけばチグリス川蛇行して市街地あり人住みて争ひあるとも見えず

クリックすればＰＣ画面の地図に網をかけしやうに国境の書き込まれたり

胡蝶蘭

抗ひがたき大き流れを感じゐて青葉いきほふ道歩みゆく

自営業の気安さに昼は仮眠するを常とし老いて店に働く

薬屋は生業なれば見切りつけよ友の言葉の心を去らず

この仕事いい加減にてはできぬと言ひ娘と夫の間に孤立す

思ひ通りにゆかぬ嘆きも若かりし頃よりなべて深刻にして

言葉交す少なき二人の部屋にありて胡蝶蘭長く花を保てり

街の川（二）

思ひきて街川に沿ふ遊歩道あゆめば水面に近き親しさ

舟のかげ杭のかげきはやかに水にゆれ眉山はかすむ梅雨のくもりに

戦ひののちバラックひしめきこの街の川も泥沼と化せしを思ふ

藍倉の白壁あざやかに影おとすこの川の写真は明治末年のもの

昭和の歴史

読みてゐる昭和の歴史わが物心つきし時に到り勢ひづき読む

わが子らに武器を持つなと言ひ来つつ危ふくてならずその先のこと

安保反対のスクラム組みし日の一人われも再びの戦を怖る

戦争の責任は今なほ曖昧にて憲法第九条改正をおそる

暗き時代の空気を知るは少国民といはれしわれらが最期の世代

母読みし本を蔵より持ち出して読みふけりし疎開の夏を忘れず

中学生にて新しき憲法を学びつつ心打ちしは男女平等の思想

憲法第九条の重き足枷に守られゆくかわが国の平和は

グーグルアース（二）

平成十九年

マウス操り大西洋へ漕ぎ出す旅を楽しむ「グーグルアース」に

オーストラリアが真中の画面の地図見ればわが国ははるか北端にあり

画面の地図拡大すれば大海原行先も知らず迷ふ感覚

これも読まず置きある本かと取りてみる本棚に叩《はた》きをかけゐる時に

この明るさいつまで保つや片目閉ぢ視野の翳りを確かめてみる

看取りの日々（三）

さまざまに論ぜるあれど認知症の介護に役立つ具体例が欲し

認知症の早期発見を言ふなれど一つの薬に頼る現実

粗相をもすぐに忘るるを救ひとし母の看取りに明け暮るる日日

この街角曲れば心やすらぐよ色づく眉山に向きペダル踏む

幾度も消えかかりまた勢ひづき狭庭にハコネノギク根強し

日差し及ばぬ裏庭に根付くもののありこの冬歯朶のあをあをとして

もの忘れ次第に進む母なれど文字読む力残るを恃む

季節はづれの服をまとひてゐる母よ今年もおどろくことから始まる

わが子らの寄りて語らふ傍らに母はお節をひたすら食《しよく》す

双葉

ビルひとつオレンジ色に染まりをり廻《めぐ》りの家いまだ影と静もる

大きうねり押し寄せてくる感じあり改めむといふ非核三原則までも

最も負担の重き世代かこの子らが成人すればわれは八十

ひとひらの雲いただきて冬日浴ぶ今日の眉山端正にして

何の芽か鉢に双葉の七八本寒に入り日差し及ばぬ庭に

母の面影

木戸を入れば三十年前をそのままに散り残る山茶花の紅き花弁

父なき後ひとり住みゐてこの部屋に毛糸編みゐし母の面影

ふるさとの板間より座敷に上がる段差身は覚えをり三十年経ても

絵は売りて評価さるると言ふわれに反対したりき絵描きの父は

かたくなに己が絵を売るを拒みたる父思ふその絵を思ふ

残るふた花

日を浴びて干し物をする快さこのごろ夫の覚えたるらし

計算機素早く使ひゐる夫に思はぬ若々しさあるを知りたり

微笑むやうに炊いてゐますとわが言へば歌詠みの表現と夫と子笑ふ

城山の麓のメタセコイア芽吹くらし並木のかたちきはやかにして

市庁舎の十三階より見る眉山いつのまにかくビルに囲まる

二人の窓かざりて七年胡蝶蘭咲きつぎ終に残るふた花

看取りの日々（四）

休日をこもりて家事のとりとめなしビル風すさむ音を聞きつつ

潮ひきて低き川面のなめらかに長き余光を映しあかるむ

意欲失ひ臥すこと多くなりし母洗ひ物はていねいに畳みてくるる

夕餉の支度してゐるわれの傍らに母の来たりて莢豌豆剝く

喜怒哀楽忘れて淡淡と生きてゐる認知症の母をときに羨しむ

足赤き蝦

旧字体簡略字体この度の康熙字典体三度変りぬわれの一生に

通じ合ふに暇のかかるやうになりぬ齢とともに夫もわれも変りて

思ひ返し立ち直らむとせし幾度か刻む茗荷の匂あたらし

作る気になるを自らよろこびて足赤き蝦を買ひて帰りぬ

視野欠損徐々に進むか目の前のおぼつかなきを密かにおそる

老いたればほどほどにせよといふやうにこの頃店の売上げ伸びず

小さき部屋にひそみてゐる蜘蛛よおまへは死ぬ振りをする技をもつ

逆光の眉山にまぶしく日輪落ちふもとの街並に彩りかへる

雲白く街路樹の影長くなりしこの朝さきゆきの心決まりぬ

薯の蔓折れば青臭き匂ひ立ち呼び覚ます疎開児のころの記憶を

ひかる太刀魚つややかなる茄子わが食の好みしだいに単純になる

看取りの日々（五）

平成二十年

認知症の薬はあらず良き看取りあるのみと書きてあるを諾ふ

記憶障害は不便なれども生くるには差支へなしと知る母を看取りて

たしなめられうまく言訳する母の残るその知恵大切にせむ

何故に朝より落着きなき母かいつもできることが今日はできない
なすことが分らなくなる母の気持ち伝はりて来るせつないまでに
間違ひなく何でもできる日に混じり今日はできない日なのだ母は
私の視野に翳りのあるやうに母の海馬も損なはれゆくか

これぐらゐは母にできるといふ思ひ改めねばならず日を増すにつれて

胡麻和へを手伝ふと母は待つてゐる菠薐草ゆがくわが傍らに

わづかのことに心のゆらぐわれかとも立ちて夕餉の支度をはじむ

夫の祝ひに

干鰈も尾頭付きぞ食つつしむ老いにはうまし夫の祝ひに

機械弄る如くに生き物は変らぬと書きてありたり心やすらぐ

生命とは引き返しえぬ折紙と説くを読みをり眼の乾くまで

潮のひく街川に冬の光澄み水底の石透きて見えをり

青くかすむ眉山の上やはらかく光を残す夕べとなりぬ

病みて素直になりたる姑よかくいとしく思ひしことなし足乳根の母は

われらが暮しと異なる世界に母は住む起きるも眠るもほしいままにて

物のなき時代が再び来ると母は怖れしがまこと近づくかも知れぬ

看取りの日々（六）

麻痺の手をさすつてくれろと母の言ふ赤子のやうに一夜撫でをり

気づかざりし母の衰へは海馬のみにあらず頸の骨に及ぶを

麻痺の身を起こしてくれといふこれよりの長き日々母をいかに支へむ

涙ふくもままならぬ身となる母の細く白き睫毛を拭ふ

手足の感覚なきが或いは救ひとも母はひねもすうつうつと臥す

昼餉のあといつしか母は眠りたりわれは読む「貧窮問答歌」の続きを

海よりの風さはやかに入る病室に慣れたるか母のしづかに眠る

街川は潮差せる刻ゆるやかに水動きヨットの影の乱るる

深き緑におほはれて立つ眉山は居並ぶビルを抱くかたちに

看取りの日々（七）

今日は食欲ありしと母の看取りより帰り来し夫の明るき声す

嚥下困難になりたる時の選択肢も考へねばならぬか今の医療は

何もかも否定したき時あり旨いもの作りて食べて凌ぎてゆかむ

小料理屋に夫と酒飲み帰り来る心足らふと言ふにもあらず

眉根に寄せるわが皺深くなりゆくを私よりも夫が気にする

看取りの日々（八）

病床の窓に日差しの入りはじめ母臥してより半年の過ぐ

病む母の食事すすみしとわが夫の杯を重ぬる今日のよろこび

店に置く折鶴蘭にアジアンタムに秋の芽いでたり心あらたむ

朝の日のいまだ暑くして店に入る陽射しの位置の移りゆく早し

この二日ビルの間に美しく囀りし小鳥今朝は来鳴かず

ビルに囲まるるわが家のめぐりの朝の陰広がりはじむ盆すぎてより

今日の夜は減数分裂の章を読む楽しきかなや知るといふこと

わが運ぶ匙せはしきほど食進む母の今日の介助はたのし

看取りの日々（九）

平成二十一年

冬の日の明るき病室に母は臥す穏やかに昼夜たがふことなく

宙を見てしきりにものを言ひてゐる病室に母をたづねてゆけば

認知症の母をあはれと思ふなよ見てごらん聖女のやうな面差し

生き死にに鈍くなりゆくわれかとも平然と臥す母を看をりて

ビルの間のひとところ夕べの光残りひとつ木星のかがやくに会ふ

己がうちにそれぞれこもる老二人旨いものにはすぐ同調す

嚥下障害なきがせめてもの救ひかと病み臥す母におやつ持ちゆく

かかはりを持ちうるひとつ病室にもちゆくおやつを日日母は待つ
夕べ夕べのよろこび

心うごく今こそ読みはじめる時『土屋文明全歌集』開く
疲れたれば横たはり読む『韮菁集』土屋先生お許し下され

『山下水』の青きに寄する深きみ心夕べ夕べにしみじみと読む

安居会の帰り千日前の古書店に『自流泉』みつけしこともはるけし

若き日に文庫版に読みしみ歌全歌集に会ふも夕べ夕べのよろこび

わが知らぬ苗場山白根榛名山読みつつ親しひびきよくして

苦しみにくみよろこび恋ふといふ言葉多きこの歌集しみじみと読む

『韮菁集』の道程を地図にたどり見る中国大陸広く大きい

土屋先生蝸牛憎み犬をにくむみ歌今日読むたのしともたのし

高尾山にトリトニア詠まれしみ歌あり安居会にはじめてわが行きし年

夜々に少しづつ読む『青南集』ああ分らぬ言葉の多し

父の家

父の家毀たむときに文久三年祖の建てしこの家の図面いできぬ

軒かすめ落ちし焼夷弾は不発にて残りし家にわれら住みたり

戦災の後の幾年か間貸ししてくらし助けし時もありたり

色褪せし亡き父の書物の中にありし文明歌集角川版持ち帰りたり

ふるさとの厨の大き梁黒く光るを見上げぬ毀たむとして

父母弟妹屈託なく食卓を囲みたるこの家の十年最もなつかし

生家の跡

わが育ちし家毀たれぬ眼裏にその隅隅までありありとして

平らげし父母の家の跡に立つ何ひとつ思ひ出のよすがなくして

この一角にわが育ちし家ありたりと思ひ見るさへわづらはし今は

職退きて建てし十坪のアトリエに最も満ち足りをりしか父は

わが訪へば父はおもむろにアトリエよりいできてうまき茶を点てくれき

取り壊せる生家の跡を見にゆかず夏草あまた繁りてをらむ

母逝く

悲しみも苦しみもなき時に入る母の面輪のやすらかにして

相寄りて子らの語らふ母を助け南瓜を藷を作りし戦後を

花めづるいとまなく過ぎし母に供ふ遺伝子操作の青いカーネーション

なき母の使ひし手摺り昇降機遠からずわれらの使ふ時来む

黒南風《はえ》に竹叢のさやぎ絶え間なく母を収めむ御墓を洗ふ

逆行性記憶障害もあつたかと祭壇の母の写真に向かふ

青菜ゆで最後の膳を供へたり明日はいよいよ母を収めむ

今日よりは彼岸の母なり看取りしは遠き日のことのやうに思へり

川に沿ふ道

平成二十二年

藤棚に藤の豆あまた下りゐて昼静かなり川に沿ふ道

人柱伝説のある橋脚を残し掛け替はる平成の橋

川多く橋多くして下水道の整備後るるわが住む町は

水に映る岸の灯火たゆたひて街川はいま潮の引くとき

秋のきてわが住むビルに聞こえくる諸鳥の声その名を知らず

夏より秋へ移る感覚温暖化にて失ふわれも庭の草木も

全き虹

音声にて時刻知らせる時計もち全盲の患者はバスにて通ふ

錠剤の形を指に確かめて間違ひなく飲めると全盲の患者は

消極に常に消極に生きゆくは弱き胃の働きによるのかもしれぬ

朝早く目覚めしとコンピューターを操りゐる丈夫な夫をうらやむ

夫と子と店に働く平穏の中にして異なる悩みを持てり

商店街の賑はひ恃みて続け来しわが店にして共に寂びるる

商ひは始めるより止めるが難しといふいかにやめむかと思ふこのごろ

時雨やみ全き虹のあらはれぬ高層ビルに半ばかくれて

四人の歌会

麦畑明るき下宿に四人の歌会手控へず批評を交し合ひたりき

下宿にて歌会せしひとり君はなく歌やめしひとり便りなきひとり

二十歳半ばにてみな一途なりき高尾山安居会に共に参加せり

街路樹の銀杏の黄金きはまれりこの平穏の時長くあれ

舗道に散る銀杏の黄葉あさあさに掃く束の間の楽しみにして

ベテルギウス

ベテルギウスやがて消滅するといふ六〇〇光年かなたの出来事

袢纏に星座図をもち星を見きこどもの頃空は美しかりき

使ふなくしまはれし亡き母のショール厚くして温かくわが膝包む

馬鈴薯に秋の芽出はじめ母亡きあと夫と二人のくらしに慣れゆく

仕事退くまではこの視野保ちたし診療所出づ冷えし雨の中

場外舟券売場

争ひごと好まぬ夫が競艇場場外舟券売場《サテライト》町内開設反対に立つ

何も知らせず署名をせまり騙さるるをわが街の人々にまざまざと見つ

場外舟券売場開設の同意を住民に迫るは先の政治そのまま

争ひごとなきを願ひし町内会規約の不備を利する業者は

己の意見もたず大勢につく衆体質は六十余年前と変らず

街の活性化といふ名目に踊らさるるな開設せむとするは賭博場なるぞ

百年の計より目前《めさき》の利を謀る行き方を選ぶかわが街の人々

しがらみなき主婦たち素早く反応す「街中《まちなか》にギャンブル場設置は反対」

つぎつぎに声かけゆきて主婦たちはたちまち集めぬ二千名の署名

不条理にすすみて立ち向かふ主婦ら見つ望み抱きぬこの世の中に

意志表示せぬは同意とみなさるると中立派の説得に夫はいでゆく

眉山を正面にのぞむわが街筋暮れなづむ浅黄の空のうつくし

ギャンブル場建設反対の署名ふえてゆく有り難きかな人のつながり

住民の反対運動は詮《かひ》なしといへど声あげねば無視さるるのみ

理想かかげ若き日デモに加はりし駅前広場に署名を集む

反対運動アピールして立てるこの旗がぼろぼろになるまでに決着つけたし

悼松浦篤男氏

雲の上に七色の帯たなびけり大気ひえびえとして今日の真昼間

迷ひもつ今宵は読まむ『文明全歌集』乾ける眼に薬をさして

分からぬ語句もかまはずに読む『土屋文明全歌集』そのときどきのみ心追ひて

昼の日差し明るくなりし道の上白く光りてころがりゆくもの

水の面ゆるやかにゆれ潮差す街川に梅雨の曇りの深く

郷里の縁にて歌集賜はりし松浦篤男氏逝くを今日知る

わが歌の少し後にいつも載る松浦篤男氏の作品もはやみられぬ

ていねいな歌評を書きて下されぬ麻痺せる御手にペンを結びて

蜘蛛

この三日軒端に見事な網をかけ飽くなくひそむ蜘蛛は吾が友

数匹の蜘蛛それぞれの網かける軒端の空間分け合ふやうに

街路樹と日の光にて季節知る土なき街の一画に住む

夫に嫁ぎて四十五年かわが店の前の街路樹幾替はりして

百人余の老い人の行方不明に心痛むいよいよ縁のうするる世の中

潮ゆたかに湛ふる朝の街の川わづかに動く川下の方へ

きびしき暑さ

この夏の暑さは百年になかりしこと桃うまく茄子の皮かたきこと

このきびしき暑さにて心身を損なふかいままでになしこの消極は

玉葱と苦瓜の薄切りに酢橘かけこの単純なる味をよろこぶ

向かうビルの上に上弦の月赤く舗道に昼のほとぼり残る

保育所に泊れる子らがうたふ声今宵もひびく隣る風呂場に

大豊

平成二十三年

一様に川下へ傾く岩を曝す水少なき大歩危《ぼけ》の流れ静かに

晩年の父が好みて写生に行きし山峡の大豊を列車いま過ぐ

世の中を避くるかのやうに晩年は大豊の冬山を父は描きし

紅き白き花は葉の上に盛りすぎ青き睡蓮抜き出でて咲く

七十五までは働けますよと言はれたりその七十五の誕生日今日

神山南海男氏

気力あれど身体応ぜぬこの日頃七十五の齢しみじみ思ふ

「二人で静かに暮らす日々です」長く臥す夫看取りゐる友よりの賀状

悼藤川朝彦氏

今はなき藤川さんのこの月の歌「……眠くてならぬ眠くてならぬ」

戦車の上にすつくと立ちし藤川さんの若き日の写真見せてもらひき

戦車乗りの気分にてオートバイ駆りたるか藤川さんは四国の果てまで

八月までバイクに乗りゐし八十四歳それよりひと月余のみ命なりき

力なきこの国危ふしと藤川さん真顔なりき九条改正反対のわれに

冬の雨

土色にあらく波立つ街の川ゆりかもめ今日は数多群れゐる

幾日も降らざりし雨ひそやかに冬の夜を降る音に親しむ

幾日も降圧剤を取りに来ず健康食品に頼る媼を気遣ふ

寄植ゑのポリアンサがお話してゐたと認知症の媼楽しげに言ふ

高き雲低き雲まじり時に降る街路樹の幹くろぐろとして

吹く風の少しやはらかく眉山には影して雲の動きの速し

災害マップを見て

震度六にて液状化現象起こるといふ安らかならずわが住む町は

大むかしわが町は葦原なりしといふ眉山の麓まで波打ち寄せしとも

自然界に有り得ぬものの怖さ思ふ原子力発電また遺伝子操作に

人間の及ばぬ核の力見つ怖るべし遺伝子操作体外受精

吉野川三角洲に広がるわが市街おほかた津波の避難困難地区なり

街川の岸をいろどるヨットの列津波おそはば凶器に化すと

原子力発電

政治にて押し進められし原子力発電計画のおほよそ今にして知る

いつかのやうに真実を隠さむとする姿勢に原子力発電所事故の危ふさを見る

今にして原子力発電の危険をいふ書物おびただしく書店にあふる

危険無視して原子力発電推進を言ふ己が利権を守らむとして

何も見えず何も知らずに住んでゐる放射線のこと宇宙塵のこと

幾多の文明滅びしごとく放射能に汚され住めなくなるかこの国

わが子らを育てしは経済成長期にて迷ひなくただひたすらなりき

六年の仰臥の日々の子規の句に沁みて思へり写生といふこと

何に追はるるわれの心か朝々に眉山を仰ぐことも少なく

秋の日差しに風力発電の十数基白く光りて淡路島の上

脱原発が次第に再稼動に変りゆく近ごろの政治の動きを見れば

限りなき地平に杭打つクレーの絵その広がりは心を捉ふ

夕べの日の差す

平成二十四年

街筋はおほかた翳り眉山に影ふかぶかと夕べの日の差す

街川に満ち満ちし潮ひきはじむ岸に波打つ小さき音して

健康食品を信じ薬のまぬ患者に言ふ自然治癒力にも限界ありと

しぐれ過ぎ舗道にまつはる落葉掃く澄み透る朝の光をあびて

規制多き薬売る仕事を長く続け気ままに暮らしたき思ひのつのる

セーターの上に白衣をまとふ日々装ふことに疎く過ぎきぬ

店を閉づ

日の出づる前のしづけき街の川潮おちて橋の影きはやかに

あと五年を限りと決めて想像す店閉ぢし後のことさまざまに

残りゐる品物は気前よく売り上げて思ひのほか楽し店仕舞ふことは

店閉ぢて後に何せむまづ『土屋文明全歌集』通読再開

明日より店閉づる感慨あるでもなく今日にて最後のシャッター下ろす

夕餉のとき店に呼ばるることのなき今のくらしの何とやすらぐ

用済むや直ちに店にもどる癖忙《せは》しく帰る店閉ぢし今も

シャッターを上ぐれば朝日差し込みて快かりし思ふ店をたたみて

店たたむといへば惚けるな寂しくはないかと客のさまざまに言ふ

小魚を空揚げにして夫と飲む店持ちをりし日にはなかりき

大き河渡れば山襞のやはらかに芽吹きはじめし眉山見えきぬ

街近く眉山のありて保たるる自然か鳥の塒ともなりて

あとがき

第一歌集『大き眉山』を出版してから、およそ十余年経ちました。今またその後の作品を振り返ってみたいという思いにかられ、この度歌集にまとめることにしました。この歌集『街の川』は新アララギ発足の平成十年より平成二十四年初めまでに新アララギに掲載された作品の中から五百七十七首を自選したものです。

この間ずっと、眉山のふもと、街を流れる川のほとりに住んでおりました。小さな薬局を営み、ほとんど店と家にこもるような暮しの中で、日常心にふれた些細な事柄を作品にしてきました。いま思うと属目も限られ歌境もたいへん狭くなっているように思います。作品はとりとめなく、雑詠を並べたようになっていることと、十年も経つと話題が古くなっていることもあって、分かり易くするために小題を設けました。

　ここでお断りしておきたいことがあります。姑という字を私は好まないので、姑も私自身の母も共に母と表記しました。自身の母は二十年も前に他界していますので、このどちらかということは内容から十分読み取ることができると思います。

　アララギに送稿していたときからずっとそうであったように、此の度は新アララギの毎月の選を頼りに励んでまいりました。また、身近な仲間の皆様からの批評もたいへん力になりました。新アララギの先生方また仲間の皆様に深く感謝申し上げます。これからも変わらずご教示下さいますようお願い申しあげます。

　なお、出版に当たってお世話になりました現代短歌社社長道具武志様、同社の今泉洋子様に厚くお礼を申し上げます。

平成二十五年三月二十七日

北町葉子

歌集 街の川

平成25年6月27日　発行

著 者　北 町 葉 子
〒770-0935 徳島市伊月町1-8-1
発行人　道 具 武 志
印 刷　㈱キャップス
発行所　**現代短歌社**
〒113-0033 東京都文京区本郷1-35-26
振替口座　00160-5-290969
電　話　03(5804)7100

定価2500円(本体2381円+税)
ISBN978-4-906846-71-9 C0092 ¥2381E